Ye

23871

PREMIÈRE REMONTRANCE

A

MAITRE DUPIN AINÉ

PAR

ALEXANDRE GUILLEMIN,

DOCTEUR EN DROIT, AVOCAT A LA COUR ROYALE DE PARIS,
ANCIEN AVOCAT A LA COUR DE CASSATION ET ANCIEN LIEUTENANT PORTE-DRAPEAU
DU RÉGIMENT DE LA COURONNE.

~~~~~~~~~~~~~~~~~~~~~~~~~~~~~~~~~

PRIX : 75 CENTIMES.

~~~~~~~~~~~~~~~~~~~~~~~~~~~~~~~~~

A PARIS,

CHEZ GAUME FRÈRES, LIBRAIRES,

RUE DU POT-DE-FER-S.-SULPICE, N. 5.

1842.

Il n'est pas permis de souffrir en silence, et impunément, les hostilités des déserteurs politiques ou religieux qui attaquent directement la majesté du malheur, et indirectement l'honneur de la religion. De pareils écarts méritent, à bon droit, d'être flagellés quand ils sont le fait des hommes que la gravité de leur ministère devroit, au défaut de leurs propres inspirations, rappeler sans cesse à la sainteté des devoirs et à la dignité des exemples.

Je déteste la satire injustement ou même imprudemment appliquée. Mais une plainte, même un peu vive, se justifie par la culpabilité de celui qui la provoque dans une solennelle rencontre : et, certes! un ancien Président des Députés de la France, un Procureur-général à la Cour de cassation, etc., etc., qui se permet, à la tribune, des diatribes, des lazzis contre ce qu'il y a de plus respectable dans les grandeurs tombées, ne sauroit se plaindre d'une trop juste censure.

Dans la séance de la Chambre des députés du 18 mai 1842, où il fut question des fêtes et dimanches, et de la liberté d'enseignement, M. Dupin termina sa harangue par ce sarcasme sur les Bourbons : « il y a deux branches de la même famille ; voyez « ce que les moines ont fait de l'une, et ce que l'Université a « fait de l'autre. »

Évidemment l'orateur ne s'est pas bien compris lui-même ; car s'il a pu se faire illusion sur la participation des moines à la destinée de nos rois légitimes, il ne sauroit expliquer l'influence de l'Université sur l'avènement de la Branche Cadette.

M. Dupin avoit déjà inspiré la verve de l'un de ses anciens collègues, M. le comte de Salaberry, qui lui adressa un *impromptu* plein d'esprit et de sel, à propos de son algarade à la Chambre sur le monogramme J. H. S., inscrit au reposoir élevé pour la Fête-Dieu, dans la cour du Palais-Bourbon.

Il étoit alors simple avocat-député. Aujourd'hui tout devient plus grave et dans ses provocations, et dans nos remontrances. Au surplus, le public connoît déjà les faits auxquels je me borne à donner une forme littéraire. Je désire sincèrement que M. Dupin y trouve matière à d'utiles réflexions, et je suis prêt à lui communiquer les pièces justificatives, notamment le petit billet qu'il m'a écrit le 18 mars 1824, et mon brevet de la décoration du Lis du 28 juillet 1814 signé de son ami M. Guizot, alors secrétaire général au ministère de l'intérieur. Il y a loin, je l'avoue, du 28 juillet 1814 au 28 juillet 1830.

PREMIÈRE REMONTRANCE

A

MAITRE DUPIN AINÉ.

Lorsque maître Dupin, de sa langue hardie
Égayoit, pour sa part, quinze ans de comédie,
Et, de là, s'en alloit, sans demander pardon,
Du dais de Saint-Acheul arborer le cordon,
Les moines tolérans à son humeur morose
De sa courte ferveur n'imputoient point la cause,

Et laissoient l'avocat, passant du blanc au noir,
Caresser le matin ce qu'il mordoit le soir.
On le vit tour-à-tour, fougueux parlementaire,
Jeter aux reposoirs les lazzis du parterre,
Et, du Christ immolé vengeur officieux,
Sur le juif Salvador s'escrimer de son mieux
Contre les erremens de Pilate et d'Hérode,
Avec des textes pris du Digeste et du Code,
Prouvant, par la teneur des articles cités,
Du déicide arrêt toutes les nullités :
Comme si, dans l'éclat de ce drame terrible,
L'iniquité partout ne restoit pas visible !
Comme si l'Homme-Dieu, mourant pour l'univers,
N'éclairoit pas le ciel, la terre, et les enfers !
  Ah ! si maître Dupin vouloit, pour sa faconde,
Une cause plaidable et claire à tout le monde,
Pourquoi donc déserter les droits de l'orphelin
Et les sermens jurés au jeune Éliacin,
Alors que, sous le coup d'un périlleux orage,
La défense eût du moins honoré le courage,
Et, dans la France entière, éveillé mille échos ?
Mais il ne trouva point ce courage à propos.

Aussi préféra-t-il convoiter pour lui-même
Un assez beau fleuron tombé du diadème,
Et s'asseoir président de ce fier Sanhédrin
Où siége la grandeur du Peuple souverain :
Trône assez éclatant, région assez haute,
Pour y juger les rois, même sur une faute,
Pour donner d'un seul coup, sans règle et sans façon,
A trois fronts couronnés une triple leçon,
Et pour punir l'enfance, innocente victime,
Que la charte couvroit du manteau légitime.
Que voulez-vous? non, non, Dupin ne connoît plus
Ni lois, ni procédure, avec les rois déchus.
L'exil d'ailleurs, l'exil est un bien doux calvaire;
Ce *tolle* non sanglant n'est jamais trop sévère.

Pourtant Dupin voudroit secouer ses remords,
Depuis qu'il est lui-même un peu voisin des morts.
Et souvent, pour chasser une voix importune,
Il semble avoir besoin d'épancher sa rancune.
L'autre jour, à la Chambre, il crut avoir beau jeu.
On y parloit du culte, et, forcément de Dieu,
Et de l'enseignement, et même du dimanche.
Tout-à-coup les Bourbons de l'une et l'autre branche

Retentirent ensemble aux lèvres de Dupin :

« Voyez donc (s'écria le Cicéron-Scapin),

« Les moines, qu'ont-ils fait de l'une ? détrônée !

« Et l'Université, de l'autre ? couronnée ! »

Et la Chambre fertile en orateurs diffus,

Se garda néanmoins de gloser là-dessus.

Elle eût pu, mieux encor, le prier de se taire.

Mais ce grand procureur calcule son affaire ;

Et le coup de stylet, par un tour assez fin,

De son méchant discours n'aiguisoit que la fin.

Du reste, les absens ont le temps de répondre,

Et, par la vérité, le droit de le confondre.

Devant tout le public quand un orateur ment,

Tout le public le peut siffler impunément ;

Et c'est même parfois un service à lui rendre.

Ici, sur une époque, il faut d'abord s'entendre.

Sous quel règne, en quel temps, s'agit-il des Bourbons ?

Parmi les d'Orléans Dupin cherchant les bons,

Ne peut pas remonter, pour soutenir sa thèse,

Jusqu'au fait de celui qui jugea Louis-Seize ;

Car, c'est trop évident, Philippe-Égalité

N'a point appris son rôle à l'Université.

Partant, la question est bien claire et bien nette
Entre la branche aînée et la branche cadette :
Il s'agit seulement, dans le susdit discours,
De l'éducation des Bourbons de nos jours.

En procédant ainsi, toujours avec méthode,
Vous ne pourrez plus fuir, comme à travers le code,
Maître Dupin! — Eh bien! quant aux Bourbons aînés,
Les moines, dites-vous, les ont tous gouvernés!
Mais quoi! Louis Dix-huit fut un roi philosophe;
Et nul froc ne se fait avec pareille étoffe.
L'infortuné Berry, dans ses mâles ardeurs,
N'avoit rien qui du cloître ouvrît les profondeurs.
Charles-Dix!.. au tombeau vous voulez le poursuivre!
Et, victime immolée, il faut qu'on vous le livre!
Un moment, s'il vous plait! pour détrôner un roi,
Trop souvent il suffit de lui manquer de foi;
Mais il ne suffit point, pour flétrir sa mémoire,
De vouloir avec vous faire mentir l'histoire
Qui proteste d'abord, pour ne point l'oublier,
Par ce noble surnom : c'est le roi chevalier!
Salué par la France, et chanté par les bardes,
Il vouloit tous les cœurs, et *point de hallebardes!*

Vous-même, vous avez, avec de joyeux cris,

A lui, comme à son frère, entonné vos écrits,

Où j'ai lu, de mes yeux, pour nos rois légitimes,

Un prosaïque amour qui valoit bien mes rimes.

Et, quand, historien de l'Ecole de droit (1),

Dont les essaims à Gand avoient volé tout droit,

Je vous fis de leur course un trop candide hommage,

Votre griffe daigna, ripostant au message,

A ce *Patriotisme* applaudir par un mot,

Tout aussi poliment que l'auroit fait Guizot,

Lui, notre compagnon! lui, notre frère d'armes!

Lui-même, qui signa (souvenir plein de charmes!)

Dès mil huit cent quatorze, et de sa propre main,

De nos brevets du lis le royal parchemin.

Et ce lis en cocarde étoit-il tricolore?

Eh non! il étoit blanc tout comme il l'est encore...

O comédiens!..... mais trève à ma digression,

Et je reviens bien vite à notre question.

Des moines d'autrefois évoquant le fantôme,

Vous l'accusez d'avoir gouverné le royaume!

(1) *Le Patriotisme des volontaires royaux de l'École de droit de Paris*, par Alex. Guillemin, avocat à la cour royale.

Auroit-il donc tenu la main de Charles-Dix ,
Quand elle exiloit ceux que vous aviez maudits ?
Car, après la ferveur de vos saintes visites,
Votre dernier chorus fut : « A bas les Jésuites ! »
Et bientôt, comme un mort qui reprend son linceul,
Les moines résignés fermèrent Saint-Acheul,
N'emportant, pour débris de leur toute-puissance,
Que les regrets du pauvre et les pleurs de l'enfance.
N'importe ! et pour couvrir l'oubli de vos sermens,
Ils font encor les frais de vos plats argumens.
Mais accusez-les donc d'avoir, par aventure,
Sous ce même régime, aboli la censure,
Et d'avoir, en criant *Patrie* et *Liberté*,
Lancé contre le Turc le Grec ressuscité ;
Puis d'avoir, au retour, jeté la France entière,
Aux pieds de ce Bourbon dont elle étoit si fière,
Quand elle contemploit, du Rhin à l'Océan,
Les peuples entraînés vers lui, dans un élan
Où le goût monarchique et l'humeur libérale
Suivoient du même pas sa marche triomphale !
Accusez-les encor (car il faut dire tout,
Et vous devez pousser vos preuves jusqu'au bout),

Accusez-les d'avoir, au fond du monastère,

Appris au Roi dévot à braver l'Angleterre,

Et, sans aucun souci des cris de l'Etranger,

Planté le drapeau blanc sur les dômes d'Alger.

C'en est trop! bornez-vous à trois crimes palpables:

Liberté, gloire, honneur... les moines sont coupables!

Cet honneur, cette gloire, et cette liberté,

De Nosseigneurs du jour troubloient la majesté;

Et c'étoit en effet une triple menace

De laisser pour longtems tous les moines en place.

Or, comment du Pays justifier l'orgueil,

Si Dupin et consorts sont cloués sur le seuil?

Si le Conseil des rois, si la judicature

Restent de loin pour eux des appâts sans pâture?

Donc il faut sous sa base, acculer le pouvoir....

Il ne veut pas se rendre!... eh bien! nous allons voir.

Et dès ce même instant la Chambre parjurée,

Au feu de la discorde ouvertement livrée,

Déserte ses devoirs, et rebelle à son roi,

Le force d'appliquer la rigoureuse loi,

Article quatorzième en la charte octroyée,

Loi bien écrite alors, et plus tard bien rayée,

Mais dont l'absence même y consacre l'endroit

Où la foi du monarque avoit puisé son droit.

Au surplus, étoient-ils des moines, ces ministres

Que lorgnoit la révolte avec ses yeux sinistres?

Leur Président, lui-même, au cloître avoit-il pris

Les rudimens chartrains dont il étoit épris?

Peyronnet est-il moine aussi, quand il s'arroge

Dans la même devise, et l'épée, et la toge?

Lui qui, par la première, hélas! se distingua

Au point de s'appliquer le *non solùm toga*.

Le troisième est jugé: qui, mieux que Chantelauze,

De la France en péril a déroulé la cause?

Témoin, dans tout l'éclat d'un célèbre rapport,

La grande question ou de vie, ou de mort!

Faut-il encor, faut-il qu'après eux je rappelle

Et Montbel, et d'Haussez, et Ranville, et Capelle,

Pour prouver que jamais ils n'ont, ou bien, ou mal,

Essayé ni le froc, ni le ton monacal?

Le huitième est couvert du sceau de la victoire,

Et, vous dire son nom, c'est vous dire sa gloire.

D'ailleurs si, dans leurs vœux, les moines sont ardens,

Plus que maître Dupin les moines sont prudens;

Et, certes! ils m'auroient épargné cette épître,

Si Charles-Dix leur eût donné voix au chapitre.

Un peu de patience et nous verrons la fin:

Et qu'ont-ils fait, grand Dieu! de Monsieur le Dauphin?

Ils en ont fait un fils si soumis, si fidèle,

Que plus d'un cousin tremble aux traits de ce modèle!

Voici bien autre chose! et, quand la foi s'éteint,

Oh! quelle maladresse! ils en ont fait un saint!

Le Roi lui dit un jour : « Allez vaincre l'Espagne. »

Et le héros triomphe en moins d'une campagne.

On vit (nouveau grief!) ce vainqueur, maintes fois,

Oser servir le peuple encor plus que les rois.

Vous en pourriez citer bien des témoins idoines,

Maître Dupin : criez, criez, *à bas les moines!*

Que le cynisme donc se venge en aboyant.

Ce n'est point pour vous seul qu'un saint est effrayant.

Combien, parmi la fleur des fidèles *quand même,*

Auroient peur d'un dévot assis au rang suprême!

Dévot! cela veut dire *à son Dieu dévoué;*

Et ce dévoûment-là ne peut être avoué.

Fi donc! fi des rois faits comme au temps des Croisades,

Mieux vaut peut-être encore un roi des barricades.

N'allons pas réclamer des jours évanouis,

Et qu'on ne parle plus d'un nouveau Saint-Louis.

Aussi Louis Dix-neuf comprend bien la tempête;

Quand le bandeau royal vient couronner sa tête,

Il le pose aussitôt sur le front de Henri...

Mais en vain dans ses bras l'innocence a souri,

Comme un astre levé pour des temps plus prospères.

Ni les pleurs de l'enfant, ni la gloire des pères,

De nos malheurs publics n'ont ralenti le cours,

Et Dieu seul peut savoir quand viendront les beaux jours.

Restons, restons soumis au joug de sa loi sainte,

Même quand un grand deuil nous invite à la plainte.

Un dernier trait enfin couronne les vertus

De ces Bourbons aînés l'un sur l'autre abattus.

Ils auroient pu venger leur trône par les armes,

Dans des fleuves de sang et des torrens de larmes :

Ils ne l'ont point voulu. Le Ciel, moins oublieux,

Dans un vaste ouragan nous jeta leurs adieux.

Des révolutions fatale expérience !

A l'instar de Laffitte, en bonne conscience,

Dites, maître Dupin, dans le même abandon :

« Aux hommes comme à Dieu j'en demande pardon! »

Ci-gît le premier point de votre double thèse.

Quant au second, je veux le rimer à mon aise.

Aussi bien je craindrois d'ennuyer le lecteur,

Et vous surtout, mon maître! à demain, cher docteur.

Paris, fin mai 1842.

IMPRIMÉ CHEZ PAUL RENOUARD,
rue Garancière, 5.

La première remontrance a fustigé cette diatribe de M. Dupin sur la branche aînée des Bourbons : *Voyez ce que les moines ont fait de l'une !* Il ajoute, pour la branche cadette : *Voyez ce que l'Université a fait de l'autre !* Je doute fort que cette seconde facétie soit du goût de ceux-là même qu'elle veut flatter ; et c'est ce qui me donne encore plus de confiance pour la suite des admonitions auxquelles le plaisant orateur s'est exposé.

Comme il a mis en cause toute une famille princière, j'étois en droit d'examiner en détail le résultat de l'éducation des jeunes d'Orléans, soi-disant élèves de l'Université ; mais la catastrophe du 13 juillet m'a fait rayer cette partie de ma composition, et m'a dicté le silence sur presque tout ce qui leur est exclusivement personnel.

Et M. Dupin qui ne se repose guère dans ses écarts, m'a bientôt fourni matière suffisante pour remplir cette lacune,

1842

Guillemin

sans trop m'écarter de mon sujet. Rapporteur du projet de loi sur la régence, il a saisi cette occasion pour essayer indirectement, mais bien inutilement, de refaire sa popularité. Il s'est écrié à la séance du 20 août : « Nous avons été pouvoir constituant en « 1830, non pas par suite d'une insurrection triomphante, comme « on l'a dit, mais à la suite de l'insurrection vaincue du pouvoir « contre les lois !... — Oui ! je dois le dire, et je le répète : de « toutes les révolutions, la nôtre a été la plus légitime dans ses « motifs, la plus populaire dans sa cause, et nous ne pouvons « souffrir qu'on la traite ainsi qu'on l'a fait. »

M. Dupin voudroit oublier ses anciennes caresses à la branche aînée des Bourbons ; il oublie aussi et l'inviolabilité royale, et les droits sacrés de l'innocence des enfans rois ; il oublie même l'intérêt de sa loi de régence. Au contraire, tout homme fidèle aux principes en réclameroit (le cas échéant) la plus rigoureuse application, même en faveur d'une dynastie dont l'origine seroit contestable. Il sera donc battu par ses propres armes.

En joignant ces mercuriales à celles que les us et coutumes universitaires dans la politique et dans l'enseignement, m'ont inspirées, la réponse est complète, le cadre rempli ; et l'université n'aura pas plus à se plaindre de ma franchise que son nouveau patron.

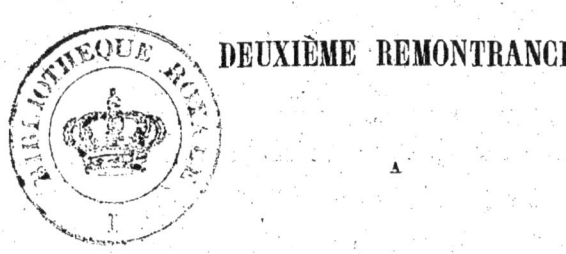

DEUXIÈME REMONTRANCE

A

MAITRE DUPIN AINÉ.

Que ma voix reste ferme et ma parole franche!
Il s'agit des Bourbons de la seconde branche;
Et, si j'en crois Dupin, quand leurs humbles aînés
Sous le joug monacal étoient tous prosternés,
Les cadets au collége, autrement qu'en Sorbonne,
Apprenoient le secret d'ajuster la couronne.

Il soutient mordicus qu'à l'université
Le sang des d'Orléans doit sa prospérité...
Mais déjà nous savons, et trop bien, je l'espère,
Qu'il n'a point entendu nous parler du grand-père :
Ouëssant et les clubs, la honte et l'échafaud,
N'en ont jamais pu faire un homme comme il faut.
Parmi ses descendans cherchons un autre type,
Et ce ne sera pas non plus Louis-Philippe :
La dame de Genlis, intime gouverneur,
A l'Université n'en céda point l'honneur ;
Ainsi donc son élève étant mis hors de cause,
La vérité pourra dire tout ce qu'elle ose.
Pour moi, j'en suis fort aise, et Dupin le sait bien,
Le droit du franc parler, certes ! n'y perdra rien,
Et ce docteur morose, affublé de ma lyre,
Viendra peut-être à bout d'essayer un sourire.

Bref, il nous faut savoir, soit dit sans quolibets,
Si les cadets Bourbons sont de jolis.....
Halte là ! sur ce ton ma remontrance faite,
Pour prendre une autre route a dû battre en retraite ;
Car, tandis que Dupin s'applaudissoit un soir
Des coups et contre-coups de son rude encensoir,
L'aîné des héritiers de la branche qu'il prône
Laissoit sur les pavés et sa vie et son trône !

Soudain, rayant mes vers avec l'encre du deuil,

J'ai cédé malgré moi la parole au cercueil.

Et de quel droit aussi l'avocat de la race

A leur règne incertain veut-il une préface?

Et pourquoi les forcer, sans rime ni raison,

A subir les périls d'une comparaison?

Bientôt leur modestie auroit mis bas les armes...

Pour nous, ne troublons point de trop amères larmes!

Mais contre le mensonge et ses propos mordants,

Libres de tout scrupule, armons-nous jusqu'aux dents.

Sans nous faire l'écho des clameurs populaires,

Sans épouser jamais de coupables colères,

Sachons aux apostats dire la vérité,

Et ramassons le gant de l'université!

On ne peut pas reprendre un méchant pédagogue

En des vers aussi doux que les vers d'une églogue.

Partant, maître Dupin ne s'en prendra qu'à lui,

Si ma verve est encor très peu tendre aujourd'hui.

Le voilà cœur à cœur avec les doctrinaires,

Il va prêcher la Chambre au sortir de leurs chaires;

Il est bien fier surtout que son dernier bon mot

Ait été caressé par la main de Guizot!

Déjà la cause est claire au point où nous en sommes;

Car jugez du giron où dorment de tels hommes.

De l'université vénérables enfans,

Reposez dans ses bras vos regards triomphans...

Elle sourit d'amour, et d'amour elle pleure!

O ciel! vit-on jamais une mère meilleure?

Dans les mêmes transports elle embrasse à-la-fois

Et les fabricateurs et les briseurs de rois.....

Ne sont-ils pas ses fils, les fils de ses entrailles?

Ciment beaucoup plus fort que celui des murailles,

Son pur sang les enchaîne à sa chair, à ses os,

Et j'en cite d'abord un exemple à propos :

   Depuis tantôt douze ans, à tous les ministères,

Elle fournit un, deux, trois universitaires...

Elle n'a point assez de l'une et l'autre main :

Voyez Cousin en l'une, en l'autre Villemain;

Voyez-les toujours prêts à faire la navette,

Tandis qu'offrant son sein comme à l'enfant qui tette,

A celui qui descend, qui boude et qui se tait,

Mère université le nourrit de son lait.

   Qu'on nous parle à présent des moines et des prêtres!

Auroient-ils jamais eu de semblables grands-maîtres?

Jamais le jeu de corde a-t-il mieux su montrer

L'art de si bien sortir, l'art de si bien rentrer?

O merveilleux sauteurs! j'admire votre grâce,

Et vous avez conquis les bravos du Parnasse.

J'écoute : répondez, vous voulez, dites-vous,
La liberté publique envers et contre tous...
Avez-vous donc déjà remis à son domaine
Quelques serfs affranchis de votre lourde chaîne ?
Hélas ! non ; pour vous seuls le jeu que vous jouez
Tient sous vos libres mains tous vos sujets cloués,
Et l'université, dans ses tristes entraves,
A parqué les Français comme un troupeau d'esclaves.
La loi meurt violée au gré de vos docteurs,
Tous parjures ensemble, et tous usurpateurs.
Chaque jour, par leur fait, je frémis quand j'y songe,
La Charte-Vérité répète un gros mensonge :
« Dans le plus court délai, dit-elle expressément,
« Ayons soin de pourvoir au libre enseignement. »
Eh bien ! douze ans passés, cette vieille parole
Pourrit honteusement sous leur vil monopole.
Le libre enseignement c'est de ne plus avoir
Que l'éternel souci d'un éternel espoir ;
Le libre enseignement, c'est de payer la dîme
A l'université sous un menteur régime ;
Le libre enseignement, c'est de ne point choisir,
Mais de subir le choix de votre bon plaisir...
Il est vrai que Cousin, dans son fier éclectisme,
A refait l'Evangile et puis le catéchisme ;

Et la grande-maîtrise au prophète nouveau
A souvent confié son plus sacré fardeau.
Ah ! c'est que la doctrine, en ses vastes portées,
Sait, même sans douleur, enfanter des athées;
C'est que l'impiété trouve là ses fruits mûrs ;
C'est que ses professeurs s'y tiennent déjà sûrs
D'enterrer cette foi que leur audace insulte :
Assistons, disent-ils, *au convoi d'un grand culte...*
Et l'université n'entend ce mot hardi
Qu'après tous les échos du nord et du midi.
Il faut que le blasphème en public la réveille,
Pour qu'elle n'ose plus faire la sourde oreille,
Quand déjà ses docteurs ont à leurs nourrissons
Débité le venin de mille autres leçons.
Et ce n'est point assez d'épargner l'incrédule,
Elle veut sur nos doigts diriger sa férule;
Sur nous et sur nos fils elle veut avoir l'œil ;
C'est de notre côté qu'elle craint son écueil.
Aussi des renégats la fougueuse imprudence
A de son grand secret trahi la confidence :
Dans sa longue manœuvre elle tend vers un but
Qui du rire infernal fait rire Belzébut.
Des préceptes divins elle hait la justice :
Elle a peur que leur force enchaîne sa malice,

Que le peuple n'apprenne, aux clartés de la foi,
A distinguer l'or pur de tout mauvais aloi,
Et que, par un beau jour, parlons sans commentaire,
Ce qu'elle a cru fonder ne retombe par terre.
Cet hommage au bon droit, hommage de démons,
Nous vaut une victoire, et nous la proclamons.
Aux principes sacrés du juste et de l'injuste,
La doctrine veut donc faire un lit de Procuste,
Et, de là sur la France elle étend son grappin,
Avec l'adhésion de l'avocat Dupin.
La pratique s'ensuit : ce docteur ès-ciences
Se fait pour tous les cas beaucoup de consciences.
Lui, de l'enfant des rois naguère déserteur,
Pour un autre orphelin le voici rapporteur,
Rapporteur dévoué, d'un décret de régence,
Dont il fait un rempart autour de l'innocence.
Admirons le principe encor plus que sa loi :
Le roi ne meurt jamais ! il meurt ! vive le roi !
Le mort saisit le vif ! et quel rude anathème
Dupin sauroit lancer à l'appui de son thème !
Il trouveroit trop doux l'éclair du Vatican ;
L'échafaud conviendroit, ou du moins le carcan...
C'est bien ! expliquez donc, publicistes transfuges,
Comment d'un enfant-roi vous vous êtes faits juges,

Et quel crime envers vous a commis son berceau ?
Vous avez beau du doigt vous gratter le cerveau,
Jamais, au grand jamais, vous n'aurez une excuse
Contre l'énormité dont le Ciel vous accuse ;
Vos mains, vos propres mains dressent le pilori
Où vous arrivez tous au seul nom de Henri.
Le droit préconisé par votre loi récente
Vivoit déjà long-temps avant mil huit cent trente ;
Et l'intérêt du peuple est d'y rester soumis ;
Ses légitimes rois sont ses meilleurs amis.
Déplacez ce principe, il n'est plus qu'un système.
Votre royal régent reste régent *quand même !*
Dans tous les coups d'état, sa légitimité
Garantit son brevet d'infaillibilité ;
Et le pilote en vain fait chavirer la barque,
Il ne périra point ! encor moins le monarque.
Êtes-vous assez loin du jour où de nos rois
Vous avez abattu trois règnes à-la-fois ?
Et pouvez-vous ainsi par vos lois de régence
Des glorieux pavés dédaigner la vengeance ?
Je m'arrête, je sens sous mes pas des charbons,
Au milieu des *parce que* et des *quoique Bourbons.*
C'est vous qui m'égarez... mais je reprends ma route,
Car juillet me surveille, et septembre m'écoute...

Donc sur tous vos régens je ne dirai plus rien,
Sinon que votre *mieux* est l'ennemi du *bien*.

Aucun nom ne sauroit triompher d'un principe :
Ni Charles ! ni Louis ! ni Henri ! ni Philippe !
Et, quel que soit le terme, au sein de l'avenir,
Où dans la vérité le doute ira finir,
Sur la vie ou la mort d'une sainte espérance,
Puissent tous les Français dévoués à la France
Le couronner un jour par d'unanimes vœux,
Ce droit, pour le bonheur de nos derniers neveux !
Et, si vous demandez comment mon cœur raisonne,
De sa conclusion il n'excepte personne,
Pas même vous, Dupin ! mais, pour vous convertir,
Vous voudrez bien avoir un peu de repentir,
N'est-ce pas ? Vous croyez l'Evangile et la messe ;
Vous l'avez dit : partant, vous allez à confesse,
Sans quoi, trop digne fils de l'université,
Pour vous la foi n'est pas toujours la vérité.
N'allez pas opposer à ma vive insistance
Le banal argument de la libre croyance ;
Car, en avocassant contre le peuple juif,
Vous êtes très chrétien et très affirmatif.
Or sus ! confessez-vous, votre faute est publique,
Et ce dernier grief surtout est sans réplique.

Un principe est sacré! vos remords vous l'ont dit ;
Et vous le proclamez après l'avoir maudit!
Puis, aussitôt relaps, vous jugez légitime
L'acte démolisseur de la même maxime!
Vous mentez au pays! vous mentez à la loi!
Au Ciel! à vos sermens! à toute bonne foi!
A vous-même, enfin! Oui, Dupin seroit lui-même
Son propre accusateur au tribunal suprême.
Il le sait, il s'irrite, il voudroit oublier
Ce que l'amour du vrai se plaît à publier;
Il connoît les périls de la persévérance
D'une coupable erreur qui n'est pas l'ignorance.
Ah! qu'il reprenne donc, il en est temps encor,
Un peu du zèle ardent dont s'est plaint Salvador,
Qu'il l'exerce sur lui, comme un bon catholique,
Et la droiture alors deviendra sa logique.
C'est la meilleure! et nous, gardons d'être en défaut,
Et reprenons la thèse entreprise plus haut.

Or, contre mille écus, je gagerois le triple,
Que l'on dira toujours : *tel maître, tel disciple ;*
Et l'université fait tant de mécréans,
Que l'on peut à bon droit suspecter ses enfans,
A moins qu'un flot puisé dans une source pure
De ses enseignemens n'ait lavé la souillure,

Toutefois, à l'aspect d'un deuil qui n'est pas clos,
Je demeure fidèle à mon ferme propos;
Je n'examine point ici les personnages,
Je ne les connois pas, pas même leurs visages,
Mais j'aurois peur pour eux, lorsque maître Dupin
Nous dit à quelle école ils ont mangé leur pain,
Si le fait rétabli dans son exactitude
Ne me débarrassoit de ma sollicitude.
Nul collége n'a dit aux jeunes d'Orléans :
« Vivez, mes fils, vivez comme l'on vit céans. »
Et nul ne leur a dit : « Mêlez-vous donc sans crainte
« A ce peuple d'enfans qui remplit mon enceinte;
« Laissez monsieur Fleury, laissez monsieur Trognon,
« Et soyez avec nous de pair à compagnon. »
Au contraire, soumis à la vieille étiquette,
Ils n'ont d'aucune classe illustré la banquette;
Et toujours retirés dans un salon discret,
Ils n'ont point de leur vie épanché le secret.
Encor moins ont-ils pu, sevrés du confortable,
Avec des écoliers partager même table;
Mais ces princes ont su méditer leurs leçons,
Entre leurs panetiers, entre leurs échansons.
A peine quelquefois un nouveau privilége,
Échantillon de cour introduit au collége,

Leur trioit des marmots honorés d'un permis,
Comme des courtisans, et non point des amis;
Et l'on vit clairement qu'en ce royal régime,
Dame université n'étoit que *pour la frime;*
Tout le public le dit en style trivial,
Croyant que parler vrai n'est jamais parler mal...
Et Dupin reste encor convaincu de mensonge!
Tirons-le du bourbier où sa langue le plonge;
Et, pour le ramener à de meilleurs momens,
Montrons-lui les autels de ses anciens sermens.
Ainsi, nous revenons au jeune fils de France,
Pour couronner la fin de cette remontrance,
Car ce prince est compris dans la comparaison
Des aînés aux cadets de la même maison.
Quoi! vous jugez Henri! mais, pour pouvoir le faire,
De la seule façon qui soit certaine et claire,
Il faut, avec respect, le prier de venir,
Aux yeux d'un peuple entier, lui-même, soutenir,
Et dans sa majesté, tout l'honneur de sa race...
Comment, maître Dupin, vous faites la grimace!
Songez donc qu'il convient de voir, d'interroger,
D'entendre, de connoître, et de savoir juger.
Vous pourrez contempler l'air de son infortune,
A côté du jargon d'un héros de tribune,

Et déjà je vous vois, devenant humble et doux,
Maître, presque tenté de tomber à genoux....
Mais voici que Dupin me fait encor la moue !
Il a parlé tout bas ; je l'entends ; il avoue
Que ce cas imprévu le tient préoccupé ;
Qu'il préfère aller voir là-bas s'il s'est trompé ;
Et nul ne peut manquer, en pareille occurrence,
De louer son courage et surtout sa prudence...
Il se plaint toutefois qu'on veuille épiloguer
Sur les rois qu'il lui plaît applaudir ou narguer ;
Pouvant les détrôner ainsi que les élire,
N'a-t-il donc pas le droit d'en gloser et d'en rire ?
Puis, pour dernière excuse, il croit qu'un mot piquant,
Même s'il est menteur, est toujours éloquent.
Il ajoute qu'enfin une exacte justice
Ne pouvoit être ici l'objet de son caprice ;
Et que, prendre à la lettre un discours sur des rois,
C'est par trop exiger d'un fabricant de lois.

Cette morgue, on le voit, qui n'est pas des plus minces,
Il la laisse pourtant à la porte des princes...
Et même il n'est besoin de roi, ni d'empereur,
Pour lui donner parfois des accès de terreur.
Sur les Calpurnius il modère sa langue,
Depuis qu'un jour Clauzel voulut de sa harangue

Défier, en champ clos, le téméraire accent...
Oh! non, Dupin n'est pas furibond jusqu'au sang.
Tant mieux, si c'est le feu de la parole sainte
Qui du souverain juge inculque en lui la crainte!
Je lui fais mes adieux avec ce doux espoir;
Mais je n'ai pas tout dit. Adieu! jusqu'au revoir.

ALEXANDRE GUILLEMIN.

Paris, Juin et Août 1842.

IMPRIMÉ CHEZ PAUL RENOUARD,
rue Garancière, n. 5.

« Nous avons été pouvoir constituant après la chute de cette
« dynastie ramenée par l'Étranger et chassée par le peuple !... »

Voilà encore une des gentillesses de M. Dupin qui lui-même a
courtisé tous les Bourbons et en particulier Louis XVIII. Il l'ap-
peloit tendrement *notre bon roi* dans ses écrits imprimés dans
les premiers tems de la restauration !

Quelle pitié ! et il faudroit se taire ! ceci nous rappelle encore toutes les tentatives de la gent libérale de 1815 qui expédia
des émissaires auprès des Alliés pour obtenir, en échange de
nos rois légitimes, soit le duc d'Orléans, soit l'un des princes
de la maison d'Orange.

1842

M. Dupin n'a eu pitié ni de lui-même, ni du ministre aujour-d'hui dirigeant, ni de tout ce ministère si bien nommé le *minis-tère de l'Etranger*.

Un seul fait suffiroit pour confondre ici *le cynisme des apos-tasies*. Le ministre actuel de l'instruction publique, grand-maître de l'université, M. Villemain, est un lauréat du czar. L'empereur Alexandre l'a couronné solennellement de sa propre main à l'Institut en 1814, pour un prix académique ! Est-ce que par hasard on oublie en France de pareilles solennités ?

A

MAITRE DUPIN AINÉ.

Du zèle de Dupin la verdeur attendrie,
Au retour des Bourbons, d'amour sembloit nourrie,
Et, pour Louis dix-huit émoustillant sa foi,
Disoit élégamment : *Louis notre bon roi!*
Mais le même Dupin, jouant un nouveau rôle,
Des restaurations s'arroge le contrôle ;
Il prétend que ces rois, jadis selon son cœur,
S'étoient liés au char de l'Étranger vainqueur.
Mensonge maladroit! car votre dynastie,
Deux fois, avec l'aînée étoit de la partie ;

Et vous savez l'épître en style assez nerveux,
Où Philippe juroit et sa haine, et ses vœux :
Haine pour Bonaparte, et vœux pour l'alliance.
Or, dans un pareil thème, où placez-vous la France ?
Avec ce bon cousin faites dire à Louis :
« *Rome n'est plus dans Rome, elle est toute où je suis !* »
Sans quoi, dans ses écarts, votre lourde parole,
Voulant viser plus haut, tombe sur votre idole.
Si le royal cadet, aux cris de votre amour,
Arriva le dernier, dans le second retour,
N'allez pas révéler le fond de ce mystère !
Vos lois, Dupin, vos lois, vous crieroient de vous taire.
Soyons très circonspects ! et nous saurons tantôt
Ce qu'elles ont permis d'en dire à demi-mot.
Retenez seulement que, derrière la toile,
Votre patriotisme auroit besoin d'un voile.

Vous voulez que le sang, le vrai sang de nos rois
Aux mains de l'Étranger ait confié ses droits ;
Ou, comme a dit encore une voix mensongère,
Que la France à ses rois soit restée étrangère....
Ah ! vous aimez l'erreur, Dupin, vous la plaidez !
Mais je veux en tous points vous répondre ; attendez.

Quand l'aigle impérial, blessé, dut se résoudre
A replier son vol sous les coups de la foudre,

Et laissa déborder sur nos remparts ouverts
Les peuples rassemblés des bouts de l'univers,
La cause bourbonienne étoit-elle épousée
Par l'Europe déjà trois fois coalisée?
Non! certainement non! je le dis à regret,
Mais de la Providence elle étoit le secret.
Même au moment fatal où des cris d'agonie
Du géant épuisé rallumoient le génie,
Et durant ce congrès où, dans ses humbles murs,
Châtillon recéloit tant de règnes futurs,
Le trône à Bonaparte, ou du moins à sa race,
Restoit, et les Bourbons n'y trouvoient point leur place.
L'histoire a buriné tous ces faits mieux que moi.
Seule, oui seule, la France a rappelé son roi;
Les étrangers pour lui ne pensoient point la vaincre.
D'autres faits éclatans vont encor nous convaincre.

Bordeaux, fidèle au sang comme à l'honneur français,
Se donne au fils de France et se ferme à l'Anglais;
Puis, de ses députés la nef fleurdelisée
Vogue dans l'Océan vers ce triste Élysée,
Où comme un visiteur chez les ombres resté,
Le grand débris d'un roi gardoit sa majesté.
Mais à l'aspect des lis, la jalouse Angleterre,
Au navire joyeux défend de prendre terre.

Tant elle a pressenti pour elle ce danger
Qui devoit retentir plus tard aux murs d'Alger!
Il lui faut une France, ou roulant dans le crime,
Ou rampant sous le joug d'un sceptre illégitime;
Et même à Bonaparte elle offroit une part,
En émoussant pour lui l'ongle du léopard.
Par la mort des Stuarts ses princes moins injustes,
Au-devant de nos rois courboient leurs fronts augustes
Et portoient dans leurs cœurs le vœu des cœurs français.
Elle fut donc vaincue au milieu des succès;
Des légitimités elle a subi la gloire,
Et le monde longtemps gardera la mémoire
Des acclamations où nos Bourbons aînés
Entre les bras du peuple ont été ramenés.
Témoin irrécusable, au temps où ma jeunesse
Suivoit rapidement les flots de cette ivresse,
Et chaque jour partout avec eux répandu,
J'ai tout vu dès l'aurore, et j'ai tout entendu.
Alors l'âme du roi sous un grand deuil flétrie
N'espéroit plus revoir le sol de la patrie,
Quand déjà des Français le soupir solennel
Ébranloit l'Océan et les portes d'Hartwel.
Louis avoit bien dit, au fort de la tempête :
« La paix de l'Univers repose sur ma tête,

« Et les peuples broyés nageront dans le sang,

« Jusqu'au jour où ma race aura repris son rang ! »

Mais, depuis que l'Europe au milieu de la France

De l'usurpation toléroit l'espérance,

Louis abandonnoit, pour la première fois,

Sa croyance au salut des peuples et des rois.

Ah ! c'est qu'un autre Roi, des rois maître suprême,

Vouloit au dernier acte apparoître lui-même,

Et montrer qu'il tient seul, dans ses puissantes mains,

Et les cœurs et la vie, et l'espoir des humains.

Le Bourbon philosophe et le scythe Alexandre,

Aux clartés du grand drame, ont bien su le comprendre!

Mais à Dupin, hélas ! nous l'expliquons en vain ;

Cela sent un peu trop pour lui le droit divin ;

Il en craint le scandale, il en craint les apôtres.....

Oh ! pour peu qu'il vieillisse, il en verra bien d'autres !

L'homme a beau dire à Dieu : « Je gouverne sans vous. »

Dieu répond par sa gloire, et puis par son courroux ;

Et le plus long travail de l'humaine prudence

S'écroule au moindre choc d'un coup de Providence.

Tout dormoit dans Hartwel, la nuit de ce grand jour

Dont les Alléluia célèbrent le retour,

Lorsque sur Albion, toujours en dépit d'elle,

Les peuples vers Louis jetoient leur cri fidèle.

Une lampe à la main, et sans autre appareil,
Vers la couche du roi, pour ce double réveil,
Duras apporte au pied de son humble lumière
L'hommage de la France et de la terre entière.
L'univers, tant de fois cruellement meurtri,
Tombe aux pieds d'un vieillard et n'a plus qu'un seul cri :
Vive le Roi! C'est lui, comme il l'a dit lui-même,
Qui dans ses droits sacrés éteindra l'anathême ;
Il sembloit investi des ombres de la mort,
Mais il en est tiré par le bras du Dieu fort,
Et le simple récit de ce touchant spectacle,
Dans ses moindres détails agrandit le miracle.
Deux fois la France étoit déchirée en lambeaux,
Si, réclamant ses rois pour conjurer ses maux,
Et de son deuil sanglant encore toute noire,
Elle n'eût dans leurs bras cicatrisé sa gloire.

Revenons à Dupin ; il faut l'interroger :
Sachons s'il est Français, ou s'il est étranger ;
Car sa langue nous cause un embarras extrême.
Aux fils de Henri-Quatre il disoit : Je vous aime!
Louis étoit pour lui *le bon roi!* C'est un point
Qu'on n'accorde jamais aux rois qu'on n'aime point.
Or, comment voulez-vous qu'à la France appartienne
Le chantre qui pour eux a chanté cette antienne?

S'il n'est pas Russe, il est pour le moins Allemand.....
Non, il est comédien, c'est un rôle qu'il prend;
Rôle qu'il peut changer plusieurs fois en sa vie,
Et même aussi souvent qu'il en aura l'envie.
Il est de cette école où l'intérêt du jour
Tient lieu de conscience, et de gloire, et d'amour.
En mil huit cent quatorze et quinze, il faut sourire
Au retour des Bourbons, en trente le maudire.....
Eh! n'allons pas si vite! on peut s'accommoder,
Retrancher une branche et l'autre la garder.
Confessons même, après quinze ans de comédie,
Que vraiment les cadets sont charmans *quoi qu'on die.*
Et ce *quoique Bourbon* caressoit, en effet,
En double courtisan, et Philippe et Juillet;
Car Philippe y trouvoit un trône tout de même,
Et Juillet un hommage à ses cris d'anathême.
Le *quoique* est de Dupin; ce docteur résolu
Sur Charybde et Sylla jetoit son dévolu,
Tandis que de Guizot le *parceque* timide
Aux quasi-royautés vouloit faire une égide;
Mais l'un et l'autre écueil, ou leur juste milieu,
Tôt ou tard, dans la mort, rendront leur compte à Dieu.

    Ayons bonne mémoire, et sachons encor dire
Plus d'une vérité pour qui voudra s'instruire.

Parmi tous les félons penchés vers le sapin,
Qui devroient méditer ce compte avec Dupin,
Combien ont assourdi, de leur voix furibonde,
Louis-le-Désiré! Louis, l'amour du monde!
Combien à chaque fête exaltant leur essor,
De la prose et des vers prodiguoient le trésor!
Combien ont arrosé de leurs plus douces larmes
Des *grands vainqueurs du Corse* et les mains et les armes!
Combien se sont complus à bénir sur ce ton
Et tous les Romanoff, et tous les Wellington!...
De qui ce lauréat reçoit-il sa couronne?
O spectacle d'horreur! c'est du Czar en personne!...
Oui! Villemain lui-même à ce cruel affront
En pleine Académie osa prêter son front!...
Et voyez lord Guizot, ce ministre principe,
Champion de Juillet et de Louis-Philippe:
Au voyage de Gand et dans son moniteur,
Il fut trois mois des lis le fidèle orateur.

Mais Dupin, toujours prêt au joug de nouveaux maîtres,
Acceptoit, en passant, la trahison, les traîtres,
Et son bon empereur! oui, certes! aussi bon
Pour ce brave sujet que naguère un Bourbon.
Or, silence! écoutez: « De quelque part qu'il vienne,
« Nul vent ne souffle mieux que du côté de Vienne.»

(Disoient nos libéraux dans leurs conseils discrets).

« Ayons donc, s'il se peut, quelques voix au congrès.

« Et, puisqu'on ne doit plus rêver la république,

« Pour échanger nos rois faisons une supplique.

« Qu'on élimine un peu la légitimité :

« Obtenons, et pour cause, un fils d'Égalité,

« Ou même à son défaut l'un des princes d'Orange.

« Les cœurs français ont droit à l'un ou l'autre échange.

« Un étranger pourra se naturaliser ;

« Mais, après huit cents ans, les rois doivent s'user,

« A moins qu'à notre école une épreuve solide,

« Comme l'apostasie, ou bien le régicide,

« N'ait redonné la force à leur sang rafraîchi,

« Et des vieux préjugés ne le tienne affranchi. »

Telle, en mil huit cent quinze, étoient donc la cabale

Et l'espoir merveilleux de la gent libérale

Qui, contre l'étranger, fait chorus aujourd'hui

Avec Dupin, et pense ou parle comme lui.

Puis, pour donner créance à leur altier langage,

Ils viennent de Guizot subir le patronage !

Quelle chute !.. Ah ! Dupin, il vous est donc permis

De vous tuer vous-même, en tuant vos amis ?...

Que je vous plains ! J'ai peur aussi qu'on ne vous chasse,

Vous qui chassez les rois pour adjuger leur place !

Mais il est un chasseur qui nous chassera tous,
C'est la mort! et je veux lui parler avec vous.
Dépêchons! le temps presse! elle est bientôt venue
Sur le front desséché d'une tête chenue.
Qu'elle apparoisse donc!... Dupin, ni vous, ni moi,
Nous ne la regardons sans trouble et sans effroi,
Si nous n'avons d'abord, trêve de gentillesse,
De notre cœur infirme accusé la foiblesse :
Elle a beau n'être ici qu'une apparition ;
A la menace enfin elle joint l'action....
J'accepte les conseils, doux rayons de lumière,
De quiconque veut bien éclairer ma carrière ;
Je les bénis surtout, si, prêts à les donner,
Mes censeurs sont encor prêts à me pardonner,
Ou sur chose publique, ou sur chose secrète,
Ce que doit distinguer la censure discrète.
Ainsi fais-je avec vous, cher maître, de mon mieux,
Je dis des vérités claires pour tous les yeux ;
Mettez donc à profit cette mercuriale,
Et sauvez-vous vous-même en pleurant le scandale,
Vous qui de la Patrie, en un jour de ferveur,
Vous êtes sans façon proclamé le sauveur.
Je vous parle, Dupin, toujours du fond de l'âme.....
Si le ciel dans sa gloire, ou l'enfer dans sa flamme,

S'ouvroit à nos regards, pour vous mes vrais accens,
Sauf le ton et la rime, auroient le même sens.

Eh bien donc! aux lueurs d'un dénoûment suprême,
En face de la mort, resterez-vous le même?
Non, non! mais vous voudrez sincèrement savoir
Et quelle fut l'erreur, et quel fut le devoir,
Dans ces grands mouvemens où des bouches hardies
Sous les pas de nos rois souffloient les incendies.
Ici tout est public : les actes, les discours,
Surtout l'énormité du refus de concours,
Alors que par nul fait la royale pensée
Contre les factieux ne s'étoit annoncée;
Alors qu'ils disoient tous au mépris de la loi :
« Chassons à notre gré les ministres du roi!
« Sinon, point de concours! » Et la Chambre parjure
N'attendit pas qu'un vôte eût voilé cette injure,
Dans le jeu régulier du régime légal;
Et ce crime a donné le funeste signal...
Songez-y bien : les morts n'ont point de subterfuges,
Ils ne font point de lois, ils ne font point de juges...
Ah! Dupin, en dépit de vos majorités,
Elles resplendiront les grandes vérités!
On y reconnoîtra la royale innocence;
On verra les félons courbés en sa présence,

Qui n'auront plus besoin de decrets pour savoir
Si le noir est du blanc, et le blanc est du noir.
Aucune de vos lois, fût-elle de septembre,
Ne fera les élus de l'une ou l'autre Chambre...
Aucun de vos discours, fût-il d'un Mirabeau,
Ne cachera les cœurs à l'éternel flambeau
Qui viendra révéler, dans leur pensée intime,
De toutes leurs erreurs le culte illégitime!...

Vous daignâtes jadis, très illustre Dupin,
Partager avec nous un très modeste pain :
Je viens de vous offrir bien meilleure pâture.
Que, sans convulsions, votre dent la triture;
Et moi, je me promets tous vos remercîmens,
Sans attendre le deuil de vos derniers momens.
Vous savez que ma voix, encor un peu moins tendre,
Sur un mode nouveau pourroit se faire entendre;
Et vous êtes ravi de me voir si discret
Sur l'élévation où vous a mis juillet...
Mais un rêve suffit, quand la nuit vous entoure,
Pour venger et la chute et les vertus de Mourre!...
Je ne puis me charger de tout votre examen
Sur tant de faits publics qui sont sur mon chemin.
Ah ! sans restriction, que chacun de nous pleure
Tout ce qu'il doit pleurer avant sa dernière heure...

Éternel désespoir des éternels remords,

Le repentir posthume est inutile aux morts...

Prévenons donc enfin le dernier de nos drames,

Et disons dans nos pleurs : « Grand Dieu! sauvez nos âmes! »

Le livre de la loi s'ouvrira pour juger,

Pour absoudre et punir, couronner et venger.

Avant le jour fatal déjà la foudre gronde,

Et ce Dieu qui régit tous les peuples du monde

Déjà semble leur dire à la face des Cieux :

« N'ai-je point assez fait pour éclairer vos yeux?

« Encor plus qu'en créant ou troublant la nature,

« J'ai révélé ma gloire à toute créature,

« Et j'ai de tous les cœurs provoqué le réveil

« Par des enseignemens plus clairs que le soleil.

« Un saint roi sous la hache avoit courbé sa tête :

« Soudain, sans en charger les lèvres d'un prophète,

« J'ai fait d'un bras de chair un glaive si puissant,

« Que la terre partout a roulé dans le sang.

« Puis, appelant deux fois les peuples des deux pôles,

« Je les ai tous jetés sur ces anciennes Gaules

« Où frémissoit l'orgueil de l'Attila nouveau

« Qui, comme le premier, s'avoua mon fléau.

« Et tour-à-tour ma voix l'enchaîne et le déchaîne,

« Avant de le fixer au roc de Sainte-Hélène,

« Pour déployer mon œuvre, et, du milieu des mers,

« Établir un grand phare aux yeux de l'univers.

« Si du fléau détruit vous réclamez la cendre,

« Emportez-la ! c'est tout ce qu'un fléau peut rendre...

« Les cœurs seront jugés sur ce qu'ils ont appris ;

« Et lui-même, sans yeux, l'aveugle m'a compris....

« Je sauve pour un temps la majesté fragile ;

« Je sauve pour jamais celle de l'Evangile ;

« Et des pontifes-rois la légitimité

« Marche toujours de front avec l'éternité.

« Qui donc osoit parler, après la délivrance,

« D'autres libérateurs de Rome et de la France ?

« A moi seul toute gloire ! et l'étranger, c'est moi,

« Pour tous ceux qui se font étrangers à ma loi.

« Et, s'il faut menacer plus clairement encore,

« Tremblez ! j'ouvre l'abîme, et l'abîme dévore !

« Vous le savez trop bien... Puissiez-vous revenir

« Au Dieu qui veut toujours pardonner et bénir ! »

ALEXANDRE GUILLEMIN.

Paris, Septembre 18..

IMPRIMÉ CHEZ PAUL RENOUARD,
rue Garancière, 5.